AF197511

Impressum

© 2021   Autorin: Ute Coltzau, Co-Autor: Dirk Scheerle
Illustrator: Dirk Scheerle:
Geschichten 1, 3, 4, 5, 6, 7, 8, 11, 13, 14, 16, 17
Fabia Fernandez (15 Jahre): Geschichte 9 (Freude an Cartoons)
Emma Görs (6 Jahre): Geschichten 10, 12, 15

Verlag: tredition GmbH
Halenreie 40-44
22359 Hamburg
www.tredition.de

Paperback: ISBN 978-3-347-35781-5
Hardcover: ISBN 978-3-347-35782-2
E-Book: ISBN 978-3-347-35783-9

Inhaltsverzeichnis

Danksagung

Ich danke

Jana Bruhne, die die umfangreiche Zusammenstellung meiner Geschichten und der Bilder bewerkstelligt hat

Dirk Scheerle, in dem ich den idealen Illustrator und Co-Autor für meine Geschichten gefunden habe

Lukasz Pochylski, der mir in technischen Fragen immer mit Rat und Tat zur Seite stand und manchmal auch spontan mit einer Idee.

Über die Autorin

Ute Coltzau ist eine „Hamburger Deern."
Sie wuchs in Hamburg auf, studierte dort
Pädagogik und Französisch, um Volks- und
Realschullehrerin zu werden, unterrichtete
fünf Jahre lang an einer Grundschule, bis
sie nach Niedersachsen heiratete. Dort unterrichtete sie an einer Grundschule bis zu
ihrer Pensionierung. Nebenbei absolvierte
sie an der Volkshochschule ein Certificado
in Spanisch. Ihre Hobbys sind Fremdspra-
chen und das Zeichnen von Cartoons. Seit
ihrer Jugend schreibt sie kleine Geschichten, auch in Englisch. Ihr erstes Buch veröffentlichte sie 2018. In ihrem Illustrator
und Co-Autor Dirk Scheerle fand sie den
idealen Partner, der ihre Geschichten ihren
Vorstellungen gemäß feinfühlig begleitet.

Sie ist Witwe und lebt in der Region Hannover.

Über den Illustratoren

Dirk Scheerle ist ein „Schwabenkind." Seine Kindheit verbrachte er in verschiedenen Regionen Deutschlands. Nach der Mittleren Reife begann er Ende 1975 sein berufliches Leben bei der Polizei in Niedersachsen. 31 Jahre lang war er als so genannter Polizeizeichner bis zu seiner Pensionierung tätig. Sein weiteres Herzblut entwickelte sich im Bereich der Wahrnehmung des Menschen in all ihren Facetten. Er hält darüber Vorträge und widmet sich dem Zeichnen und der Malerei. Als Ausgleich entdeckte er für sich die Faszination des Wanderns. Bücher mit Illustrationen begleiten zu dürfen ist seine weitere Leidenschaft geworden. In den Geschichten der Autorin Ute Coltzau fand er die geniale Möglichkeit, seine Bilder sprechen lassen zu können.

Er ist verheiratet, hat zwei erwachsene Kinder sowie zwei Enkelinnen und lebt in der Region Hannover.

Vorwort

1936 veröffentlichte Erich Kästner sein Buch „Doktor Erich Kästners Lyrische Hausapotheke". Es enthielt seine neuesten Gedichte, die der Schriftsteller der Therapie des Privatlebens widmete. In homöopathischer Dosierung sollten sie sich „gegen die kleinen und großen Schwierigkeiten der Existenz" richten. Noch heute entfalten sie ihre Wirkung.

Ute Coltzaus Geschichten aus dem Alltag besitzen eine ähnliche Kraft, obwohl sie nicht in Versform gekleidet sind. Meist sind sie kurz, oft witzig und rührend, nie boshaft oder ätzend, eher warmherzig und lebensklug. Wie unterschiedlich sie auch sein mögen, sie offenbaren immer ein und dieselbe Botschaft: Ärger und Probleme mag es geben – auch Krisen –, bei allem Angebittertsein aber ist das Leben doch schön. Was kann man mehr von einem Buch wie diesem erwarten?

Dr. Jacques Schuster
Ressortleiter Politik / Chefkommentator
WELT und WELT am Sonntag

Traumhaft

Eine Wahr nehmende Einleitung

Dieses Buch ist etwas Besonderes. Denn wer es wagt, „hier" nun einzutauchen, wird von Geschichte zu Geschichte immer intensiver den Eindruck haben:

Was ist das denn für ein Sammelsurium?

Nun sind unsere Wahrnehmungen ja sehr individuell, subjektiv und einzigartig.

Allein schon den Entschluss zu fassen, sich überhaupt auf dieses mehrseitige Etwas einzulassen, weckt die Sinne auf eigene Weise und es darf vielleicht zunehmend festgestellt werden:

Wie traumhaft ist dieses Buffet an Geschichten!

Ich selbst beschäftigte mich 44 Jahre lang beruflich intensiv mit der Wahrnehmung. Somit weiß ich um unser aller traumhafte Vielseitigkeit.

Lassen Sie sich einfach entführen in eine traumhafte Welt und nehmen sich danach wieder einmal selber intensiver wahr!

Wäre das ein Deal? Viel Vergnügen wünscht Ihnen beim Lesen

Ihr
Dirk Scheerle

Träume

Von Ute Coltzau

Ich sitze in einem schwarzen Mercedes, hinten im Fonds. Ich bin allein. Ich versuche, über den Vordersitz zu greifen und das Steuer zu erreichen. Es gelingt mir nicht, ich bin zu klein.

Mein Vater besaß diesen schwarzen Mercedes, sein Chauffeur hieß „Herr Bartels". Mein Vater hatte meine Mutter und mich verlassen, um mit einer jüngeren Frau eine neue Familie zu gründen. Damals war ich 7 Jahre alt bzw. jung. Bonzo, meinen Drahthaarterrier, konnte meine Mutter nicht halten. Er musste weggegeben werden. Ich war untröstlich. Auch, weil mich Herr Bartels nicht mehr in dem schwarzen Mercedes irgendwohin fahren konnte.

Diesen Traum träumte ich einige Jahre lang immer wieder. Haben alle Träume eine Bedeutung? Dieser ganz bestimmt, aber sie ging mir erst viel später auf. Ich wollte das Steuer meines Lebens wieder in die Hand bekommen, wollte meinen Vater, meinen Hund und den Mercedes mit Herrn Bartels wieder zurück. Später verschwand dieser Traum. Ich hatte mein Leben im Griff.

An viele Träume erinnere ich mich nicht. Ganz selten wachte ich auf mit einem Durcheinander von Bildern, die einfach nur verrückt und nicht zu deuten waren. Von mir jedenfalls nicht.

In einer Zeit, in der das andere Geschlecht eine große Rolle in meinem Leben spielte, hatte ich einen weiteren sehr klaren Traum.

Ich befand mich in einer großen Stadt in Italien, die Rom sehr ähnelte. Enge Gassen, historische Gebäude, Sommer. Ich rannte durch die Straßen, rannte und rannte. Da war ein Mann, er war schön, kein Italiener, ein blonder Hüne, in den ich verliebt war; ich versuchte, ihn zu erreichen. Wir wollten zusammenbleiben, aber es klappte und klappte einfach nicht. Ich hörte ihn laufen, aber er war immer ein paar Gassen weiter oder in einer Parallelstraße. Wir trafen uns nicht. Es war ein sehr anstrengender Traum. Als ich nicht mehr konnte, beschloss ich aufzuwachen. Ich beschloss es!

Kann man einen Traum bewusst beenden? Ja. Wenn eine Situation zu schlimm wird, setzt eine Art Überlebensmechanismus (mein Ausdruck) ein, und man wacht auf. Es würde mich interessieren, was im Gehirn dabei vor sich geht. Ich wachte also auf und war traurig, dass aus dem Mann und mir nichts wurde. Viel später geschah etwas, das mich darüber frohlocken ließ. War dieser Traum ein Zeichen, der meinen Weg vorhersagte? Einige Wissenschaftler sagen ja.

Man kann mit erfahrenen Experten eine professionelle Ausbildung zum Traumdeuter absolvieren.

Die breite Literatur zeigt uns unter anderem, dass Träume oft Phänomene sind, die die Zukunft eines Menschen oder eines Volkes vorher zeigen können. In Träumen können Antworten liegen.

Es gibt viele Arten von Träumen, zum Beispiel Warnträume oder solche, die die Vergangenheit eines Menschen erklären. Warum wir träumen, zählt zu den vielen ungelösten Rätseln der Menschheit. Nach meinen ganz persönlichen Erfahrungen beweisen sie, dass Vergangenheit, Gegenwart und Zukunft EINS sind.

Mein Lebensgefährte wohnt im Alten Land. Genau dort verbrachte ich fünf Jahre meiner Kindheit. Deshalb ist mir, wenn ich ihn besuche, Vieles dort vertraut. Eines Tages im Mai wollten wir in einem Nachbarort in einem schönen Restaurant Spargel essen. Auf der Fahrt dorthin blickte ich aus dem Autofenster und sah ein Fachwerkhaus mit einem blühenden Baum davor. Und plötzlich, in Sekundenschnelle, „erkannte" ich dieses Haus. Ich war plötzlich das Kind von damals. Ich erinnerte mich nicht an das Kind, nein, ich WAR dieses Kind. War das ein Traum?

Auch eine Astralreise habe ich schon gemacht, die mir Rätsel aufgab, und ich bewege mich seit einiger Zeit im Morphischen Feld und bekomme dort Antworten aus Vergangenheit, Gegenwart und Zukunft.

Es würde sich lohnen, sich mit den Lehren der führenden Wissenschaftler zu diesen Themen zu beschäftigen. Das werde ich sicherlich eines Tages tun. Ob mir dies schlüssige Antworten bringen wird, weiß ich nicht. Zumindest wäre es aber sehr spannend.

Ein Freund, der sich seit Jahren mit diesem Thema beschäftigt, hat seine Sichtweise:

Träume

Von Dirk Scheerle

Träume begleiten mich seit früher Kindheit... jedenfalls, soweit ich mich erinnern kann.

Ich muss wohl um die 3 Jahre (Kindergartenalter) gewesen sein. Da verfolgte mich ein ganz bestimmter Traum immer wieder:

Ich befand mich entweder in meinem Gitterbettchen oder auf einer Straße, welche begrenzt wurde von den Häuserfronten links und rechts sowie Überführungen vor und hinter mir. Eine Flucht war somit ausgeschlossen.

Stets jagte mich ein aus meiner damaligen Wahrnehmung heraus furchterregendes Wesen so lange, bis es mich fing und „zu Tode kitzelte". Es gab kein Entkommen. Heute vergleiche ich aus der Erinnerung heraus dieses Wesen mit „Glubschaugen-Pittiplatsch" aus der Sandmännchenserie der damaligen DDR.

Als ich älter wurde, träumte ich von Situationen, welchen ich nur noch mit dem Sprung in die Tiefe entrinnen konnte. Ich wachte „glücklicherweise" auf und war zunächst sehr aufgewühlt.

Ein Einschlafen kam für mich erst einmal nicht in Frage, bis mich die Müdigkeit dann doch überzeugte.

Diese zunehmende „Gewissheit" um eine offensichtlich erfolgreiche Flucht durch Sprünge fand Eingang in meine Träume und gab mir die Gewissheit, am Leben zu bleiben... wenn ich springe!

Da furchterregende Wesen, Tiere sowie das sinnbildliche Böse ebenso zum Repertoire gehörten, wurde ich durch schweißgebadetes Aufwachen und Herzklopfen begleitet.

Ich nahm für mich immer mehr wahr, dass es Strategien gibt, diesen Träumen zu entfliehen. Diese waren jedoch stets eine Kraftanstrengung.

Einen weiteren Effekt lernte ich kennen: Träume in Träumen. Die bewusste Rückkehr in die reale Welt war für mich daher so manches Mal nicht immer erkennbar.

Je älter ich wurde, desto mehr verließen mich diese so genannten „Albträume" und ich träumte zunehmend „Alltagssituationen", welche ich zuvor erlebt hatte.

Diese Träume empfand ich als angenehm, bereichernd und sie wurden inhaltlich besonders ausgefüllt. Manchmal waren der Ablauf und die aufeinander folgenden Handlungen in keinem „logischen" Zusammenhang. Mir bekannte Personen trafen zusammen, welche sich untereinander gar nicht kennen konnten. Später erweiterte sich mein Bewusstsein hierzu.

Vor kurzem hatte ich eine außergewöhnliche Nacht.

Überraschenderweise konnte ich mich an sechs Träume erinnern. Sie hatten sehr unterschiedliche Themen und waren doch irgendwie miteinander verbunden. Als ich um ca. 05:15 Uhr wach wurde, fiel mir der letzte Traum gestochen scharf ein. Über ihn „kehrte ich zu den fünf weiteren Träumen zurück". Ich hatte damit auch den Eindruck, das erste Mal Übergänge zwischen den Träumen zumindest teilweise nachvollziehen zu können.

Zu den vielen Erklärungsansätzen aus umfangreichen, wissenschaftlichen, medizinischen, psychologischen und parapsychologischen Bereichen sowie geistiger und religiöser Sicht entwickelte sich meine Wahrnehmung der Träume sehr individuell.

Ich begann, eine Beziehung zu meinen Träumen aufzubauen und sie als die Stimme meiner Seele und Bilder meiner Gedanken zu begreifen. Sind sie nicht auch der Spiegel meines Selbst?

Ich empfinde sie als gut und nehme sie bewusst wahr. Ich kann die Träume unmittelbar nach Wachwerden teilweise abrufen. Sie geraten in Vergessenheit, wenn sie nicht eine ganz besondere Rolle für mich spielen bzw. durch Schlüsselreize zurückkehren. Ich kann bedingt Träume in ihrem Ablauf beeinflussen. Träume können für mich Botschaften (Zeichen) sein.

Besondere Ereignisse des Tages, welche mich intensiv beschäftigen, finden sich vereinzelt in den Träumen wieder. Wünsche und tiefe Bedürfnisse gelangen sehr selten in die Träume, werden dann jedoch besonders intensiv „gelebt". Diese Welt verlasse ich dann ungerne.

Träume sind wie Autoren.

Daher habe ich mir eine Zeitlang besondere Träume aufgeschrieben. Beim Lesen erlebe ich diese Welt dann noch einmal wie in der Realität.

Die Träume SIND! Aus der Medizin ist bekannt, dass Menschen regelrecht erkranken können, wenn ihr Gehirn nicht die Chance hat, verarbeiten und so träumen zu dürfen.

Licht

Von Dirk Scheerle & Ute Coltzau

Ute: Dirk, mir fällt gerade auf, dass wir beide in unseren Gesprächen fast gleichzeitig den Begriff „traumhaft" mit „Licht" in Zusammenhang gebracht haben.

Dirk: Stimmt. Ich empfinde, dass Licht traumhaft sein kann.

Ute: Traumhaft bedeutet ja etwas mehr als „wunderschön". Dann leuchtet etwas in uns.

Dirk: Ja, wenn Erlebnisse als einzigartig empfunden werden, dann sind sie traumhaft, und etwas in uns wird licht (hell). Wenn uns Träume leuchten lassen, dann doch sicherlich auch deswegen, dass unser Innerstes nach außen leuchtet.

Ute: Erinnerst du dich, dass es eine Ausstellung in der Luther Kirche gab, in der die Künstlerinnen Angelika Dömland und Hildemut Bölsing Keramik- und Glasarbeiten sowie Bilder zum Thema „Licht" zeigten? Hier ging es nicht um eine naturwissenschaftliche Erklärung des Phänomens Licht, sondern um die geistige Bedeutung, wie sie in der Bibel in vielfältigen Zusammenhängen beschrieben wird.

Im 1. Buch Mose (1. Mose 1: 1–5) wird berichtet, dass Finsternis auf der Erde herrschte, dass aber Gottes Geist auf dem Wasser schwebte und dass Gott dann sprach: „Es werde Licht!" Es ist der erste Schöpfungsakt, und er ist nötig. Denn ohne Licht können wir nicht leben, und es gedeiht nichts.

Meine kleine Nichte fragte mich mal: „Schwebte da irgend ein Geist auf einem See herum?"

Dirk: (lacht) Ja, in einem gewissen Alter nehmen die Kleinen alles wörtlich.

Ute: Ich glaube, es ist gemeint, dass wir uns selbst fragen können, was die Botschaft der Schöpfung für uns selbst bedeutet. Wenn ich mich in einer Periode der Finsternis, der Trauer, der Probleme befinde, kann plötzlich ein Licht in meinem Bewusstsein entstehen, kann eine Idee in mein Denken kommen, das die Finsternis meines Denkens auflöst. Diese Idee ist ein Licht, eine Neuschöpfung.

Dirk: Hast du das schon mal erlebt?

Ute: Ja, schon mehrmals, und dann musste ich gleich an den ersten Schöpfungstag denken, an die Schaffung von Licht in meinem Bewusstsein, und schon begann das Leben neu, licht, zu sein. Licht ist Leben.

Dirk: Da bin ich ganz bei dir.

Ich denke da gerade an das Seminar „Körpersprache", das mein Freund Marc Grewohl hielt. Besonders beeindruckt hat mich seine

Aussage: „Wenn wir in das Schwarze der Augen – also in die Pupillen – unseres Gegenübers blicken, sehen wir nichts. Und doch ist uns das Besondere bewusst, ganz tief in das Innere dieses Menschen zu blicken, uns der Seele dieses Menschen zu nähern. ‚Die Augen sind das Tor zur Seele‘ wird gesagt."

Ute: Seele und Licht, ja, das passt zusammen, ist vielleicht sogar EIN und DASSELBE.

Dirk: Interessant dabei ist: Die Augen haben eine Verbindung zum Kern unseres Gehirns, also das evolutionär ursprüngliche und älteste Gehirn in uns. Wir blicken also in den Ursprung, in ein schwarzes Loch, und doch...

Diese Dunkelheit macht uns erst bewusst, was Licht eigentlich bedeutet. Die Dunkelheit lässt es zu, dass ein einziges kleines Licht wahrgenommen werden kann. Und nun stellen wir uns mal all die Lichter der Schöpfung vor!

Ute: Dirk, du weißt ja, dass ich schon vor vielen Jahren Geschichten geschrieben habe. In einer mit dem Titel „Die Welt ist bunt" charakterisierte ich den positiven Aspekt der Farbe Schwarz so: „In der Nacht entstehen Ängste. Die Nacht kann aber auch als samtene Decke gesehen werden, die sich über die Erde, also über die Ängste legt, beleuchtet von einem strahlenden Sternenhimmel, der tröstet."

Dirk: Ein schönes Bild. Ich sehe, dir kommt es immer darauf an, was diese Begriffe wie Licht, Träume usw. für uns Menschen bedeuten.

Ute: Richtig. Dazu passt auch die Bergpredigt mit der Aussage im Matthäus 5: 14–16:

„Ihr seid das Licht der Welt. Es kann die Stadt, die auf einem Berge liegt, nicht verborgen sein. Man zündet auch nicht ein Licht an und setzt es unter einen Scheffel, sondern auf einen Leuchter; so leuchtet es allen, die im Hause sind..."

Dirk: „So lasst euer Licht leuchten unter den Leuten, dass sie eure guten Werke sehen und euren Vater im Himmel preisen."

Ute: Kann die Bedeutung von Licht irgendwo besser beschrieben werden als hier? Für mich nicht! Denn wieder ergeht die Aufforderung Jesu an uns, unser Licht leuchten zu lassen; das heißt das, was wir von Gottes Liebe verstanden haben, zu praktizieren. Das ist unser Lebenswerk, und jeder Schritt, den wir dabei erreichen, ist traumhaft.

Und woher hatte Jesus diese Weisheit? Er sitzt auf einem Berg. Das bedeutet, er hat ein zu Gott erhobenes Bewusstsein.

Dirk: Ich möchte noch einmal auf die Dunkelheit zurück kommen, denn ich empfinde sie nicht als kalt, furchterregend und feindlich. Sie ist unsere wohlige Freundin im Hinblick auf das, was der Ursprung unserer Schöpfung war. Und in dieser Dunkelheit war ja bereits das „Licht" (Geist) Gottes, unseres Schöpfers. Wir konnten es noch nicht sehen, aber es war da.

Traumhafte Gedanken im Licht (Geist) unseres Gottes helfen vielleicht auch denjenigen, die von Dunkelheit umgeben sind und sich darin verlassen fühlen und glauben, das Licht verloren zu haben.

Ute: Ja, Dirk, ich glaube, wir können unser Gespräch in dem Sinne beenden, dass wir beide die Bibel so verstehen, dass sie für uns Menschen anwendbar ist.

Dirk: Einverstanden. Und in anderen Religionen gibt es ebenso wie in der Bibel endlos viele Aussagen über Licht, und dieser Gedanke ist beglückend, traumhaft.

Leuchtturm – Trost und Führung

Von Ute Coltzau

In meiner Küche hängt eine Uhr, auf der ein Leuchtturm abgebildet ist. Ich kaufte sie in Zingst, und sie symbolisiert meine Liebe zur Ostsee. Es gab in letzter Zeit verschiedene Anlässe für mich, den Leuchtturm mit anderen Augen zu sehen.

Dass ein Leuchtturm mit Licht, mit Leuchten, zu tun hat, ist eine Selbstverständlichkeit, über die man gewöhnlich nicht nachdenkt. Er leuchtet Schiffen in der Dunkelheit, damit sie sicher den Hafen erreichen. Für mich wurde der Leuchtturm zum Symbol. Ich hatte im letzten Jahr das Gefühl, zu meinem Freund Olaf einen Satz gesagt zu haben, der mir ungerecht erschien. Er war in einer Situation entstanden, die außerordentlich schwierig war, weil Gerechtigkeit und Ungerechtigkeit nicht klar abgegrenzt werden konnten. Zwei Tage lang grübelte ich über meinen Satz nach und fand ihn schließlich nicht in Ordnung. Ich fasste den Plan, mich zu entschuldigen, aber irgendetwas hielt mich davon ab. Vorsichtshalber rief ich meinen

Freund Peter an, mit dem ich regelmäßig über Gott spreche. Wir beide sind keine regelmäßigen Kirchenbesucher, sind aber seit der Kindheit sozusagen mit der Bibel in engem Kontakt.

Ich schilderte ihm die Situation und meine Gedanken darüber, nannte ihm den Satz, den ich ausgesprochen hatte, und sagte, dass ich ein mulmiges Gefühl deswegen hätte. Er sprach ein sehr kluges Wort aus: „Bei Gott geschieht nichts aus Zufall. Natürlich sollen wir höflich miteinander umgehen, den Zehn Geboten und gutem Benehmen gemäß, aber vielleicht ist gerade dieser Satz für Olaf zum richtigen Zeitpunkt gesprochen worden. Gott weiß es, und ER kann es berichtigen." Diese Aussage war für mich ein Trost, ein Leuchtturm. Er leuchtete derart, dass ich vergaß, mich bei Olaf zu entschuldigen; nein, ich hielt es nicht mehr für nötig.

Nach drei Monaten kam ich zufällig mit Olaf ins Gespräch und erwähnte ganz nebenbei die Sache. Er sagte: „Das war genau richtig, genau richtig in dem Moment, denn es veranlasste mich, in meinem Problem einen völlig anderen Weg einzuschlagen, und dieser führte zu einer ungeahnten wunderbaren Lösung."

Dieses „Gott kann es berichtigen!" war für mich ein Leuchtfeuer, und mir fiel eine spannende Geschichte aus dem Alten Testament ein: 2. Mose 13: 20–22, 14: 5–12. Auch die Israeliten hatten ihren Leuchtturm, eine Wolkensäule bei Tag und eine Feuersäule bei Nacht. Nachdem der Pharao sie aus der Gefangenschaft in Ägypten, symbolisch aus der Dunkelheit, hatte ziehen lassen, dies schließlich bereute und seine Armee hinter ihnen her hetzte, um sie wieder einzufangen, bekamen sie das Licht, die geistige Erleuchtung, am Tage und in der Nacht. Oft zweifelten sie an ihrer Versorgung, aber sobald sie sich auf Gottes Stimme, durch Mose gesprochen, verließen, hatten sie immer alles, was nötig war auf ihrer langen Wanderung in das Gelobte Land. Als sie ihre Lektion gelernt hatten, erreichten sie schließlich ihr Ziel. Es lohnt sich wirklich, diese Geschichte nachzulesen.

Sie war auch eine Inspiration für mich, als ich vor mehreren Jahren erfuhr, dass meine Freundin Marion plötzlich unerwartet ihre Arbeitsstelle in einer Firma verlor, der sie drei Jahrzehnte treu gedient hatte. Die Umstände ihrer

Entlassung waren ungerecht. Außerdem war sie nicht mehr jung genug, um eine Stelle in der Wirtschaft zu finden. Sie bewarb sich unzählige Male – immer erfolglos. Immer neue Absagen mit dem Vermerk: „Zu alt." Sie verzweifelte. Nacht war in ihrem Bewusstsein. Da kam ihr der Spruch in den Sinn: „Wo die Not am größten, ist Gottes Hilf' am nächsten." Das war die Feuersäule, die immer größer wurde, je mehr sie dieser Wahrheit vertraute. Und als sie direkt über ihr stand, kam plötzlich ganz klar der Gedanke: „Tu etwas für die Menschheit!" Diese Idee erstaunte sie sehr, denn an so etwas hatte sie nie gedacht. Sie unternahm die menschlichen Schritte, und jetzt arbeitet sie begeistert für die Kirche in einem Entwicklungsland. Dieser Weg war zeitweise steinig, aber sie war am Ziel angekommen. Ich dachte: „Wenn man tagsüber Schwierigkeiten begegnet, kann man sich darauf verlassen, dass die Wolkensäule einen führt." Wie? Indem man nach oben schaut.

Diese biblische Erzählung ist eine symbolische Geschichte, aber man kann sie auf das tägliche Leben anwenden. Übrigens ist naturwissenschaftlich bewiesen, dass der „Auszug der Kinder Israel" sich tatsächlich zugetragen hat. Auch für das „Zurückweichen des Roten Meeres" gibt es eine natürliche Erklärung.

Aber das ist eine andere Geschichte.

Engel

Von Ute Coltzau

„Mein Engelchen!", sagte meine Freundin Anne zu ihrer dreijährigen Tochter Sophia und blickte der Kleinen liebevoll in die Augen. Und in der Tat, Sophia sah so aus, wie man sich einen Engel vorstellt: langes lockiges, blondes Haar, große blaue Augen, ein süßes Stupsnäschen und einen hübschen Mund. Meine Freundin dachte: „Sie sieht nicht nur so aus, sie i s t ein Engel", denn auch ihr Wesen schien nur Liebe zu sein.

In meiner 2. Schulklasse wollten in einer Theateraufführung fast alle Schülerinnen einen Engel spielen. Besonders die Flügel, die natürlich die Eltern basteln mussten, faszinierten sie. Jungen bewarben sich nie um diese Rolle; sie wollten lieber Piraten oder Cowboys sein.

Ein altes Kinderfoto zeigt mich auch als Engel in einer Theateraufführung meiner 3. Klasse. Ich war aber kein zarter Engel, sondern mollig, also mehr Typ „Posaunenengel." Nachdem ich in anderen Aufführungen immer nur ein Tannenbaum ohne Stimme sein durfte, hatte ich mit all meinem kindlichen Charme um diese Rolle des Engels gekämpft, und nun hatte es endlich geklappt. Ich war meiner Lehrerin so dankbar, dass sie wusste, was mein Kinderherz fühlte. Und eine engelhafte Eigenschaft besaß ich ja: Ich war ein liebes Kind. Da stand ich nun in meinem langen weißen Kleid und mit einem Glitzerkranz auf meiner dunklen Kurzfrisur und hielt tapfer das Gewicht meiner schweren Flügel aus, die meine Mutter unter dem Einsatz all ihrer Kräfte gebastelt hatte. Ich stand einfach nur bewegungslos da, guckte und lächelte selig. Zu sagen hatte ich auch nicht viel, aber ich fand mich toll. Auf dem Foto, später betrachtet, war ich das allerdings nicht. Aber egal!

Auf alten Gemälden wie zum Beispiel denen von Raphael und Bouguereau sieht man auch männliche Engel. Sie ähneln molligen Babys mit kurzen Flügeln und schlanken erwachsenen Engeln mit langen Flügeln.

Meine Brieffreundin im Rheinland lebt mit Schutzengeln. Sie klebt Engel-Aufkleber in ihre Briefe und verschickt Schutzengel-Figürchen an ihre Freunde in Form von Schlüsselanhängern. Sie ist selbst ein Engel.

Woran mag es liegen, dass Engel so oft als Personen dargestellt werden, wo sie doch gar keine sind? Kein Mensch hat jemals einen körperlichen Engel gesehen, es sei denn, das war jemand, der ihm in einer schwierigen Lage half. Und trotzdem wird der Begriff "Engel" ständig im Munde geführt, und das tröstet. Der Vater meines Lebensgefährten soll eine Woche vor seinem Tod mehrmals geäußert haben: „Ich sehe Engel um mich herum." Ein Freund von mir verschickt jeden Sonntag eine Grußbotschaft an Freunde und Bekannte. Sie besteht aus der Schilderung seiner Erlebnisse, wundervollen Fotos und Gedichten über Engel.

Kürzlich zitierte er Margarete Hansson:

Denn er ist da

Ich spüre um mich einen Engel,
der mich mit seinen Flügeln sanft berührt,
der mich, wenn ich um Rat ihn frage,
an seine Hand nimmt, um begütend zu sagen,
dass aus den Augen er mich nicht verliert.

Ich weiß, er schaut auf jeden meiner Schritte,
wäre ich blind, er würde für mich seh'n,
er ist das Licht im tiefsten Dunkel,
in seiner Nähe kann ich sicher geh'n.

Stets ist er da, mein guter Engel,
gebietet es die Not, genügt ein Flügelschlag,
er redet nicht, doch spür' ich ihn, den Engel,
denn er ist da, bei Tag und auch bei Nacht.

Dieses Gedicht gibt die Antwort auf die Frage, warum Engel trösten. Weil sie geistige Botschaften sind, die aus einer höheren Quelle stammen. Ich las mal sinngemäß eine Formulierung, die genau meinem Empfinden entspricht: „ Engel sind Boten Gottes, die zum Menschen kommen." Sie geben uns Antworten in allen Lebenslagen. Ich habe oft erlebt, dass ich um eine Antwort rang, keine bekam, dann still wurde und lauschte, und plötzlich war die Antwort da. Ich nenne so eine Antwort ein „Zeichen" oder einen Engel und manchmal einfach „eine Idee." Sie kam manchmal in meine Gedanken oder ich begegnete einem Menschen, der einen Satz sagte, der meine Antwort war. Das passierte zum Beispiel, als ich, nachdem ich mein Haus verkauft hatte, keine Wohnung in meinem Wunschort fand. Plötzlich begegnete ich einem Freund, der sagte: „Zieh doch zu mir. Wir bauen gerade eine Wohnung in unserem Haus aus und möchten nur einen Mieter, den wir kennen." Und da bin ich jetzt seit ein paar Jahren, und zwar sehr glücklich.

Auch die Bibel berichtet über Begegnungen von Menschen mit Engeln. Zum Beispiel Lukas 1: 26–38: Ein Engel kündigt Maria die Geburt von Jesus an. Und Genesis 32: 23–33: Jakob kämpft mit einem Engel um den Segen Gottes.

Wie auch immer man Engel erlebt und interpretiert, eins ist klar: Sie sind immer da! Sie existieren! Wir können ihnen begegnen, wenn wir offen für sie sind – so wie Maria und Jakob es waren.

Und auch wir können Engel sein – für andere Menschen. Ich habe eine Postkarte bekommen, auf der steht: „Freunde sind Engel, die uns wieder auf die Beine helfen, wenn unsere Flügel vergessen haben, wie man fliegt." (Autor unbekannt)

Immer wieder neues Leben

Von Ute Coltzau

Entsetzen erfasste 2019/2020 die ganze Welt, als die Nachrichten von den verheerenden Buschfeuern in Australien bekannt wurden. Verbrannte Erde, verbrannte Tiere, viele Tote und monatelang kein Erfolg, die Feuer einzudämmen. Die Feuerwehrleute arbeiteten bis an die Grenze ihrer Kräfte. Wahre Helden!

So ein Horrorszenario!

Dann – nach Monaten – endlich Regen! Aber so viel Regen, dass die verbrannte Erde die Wassermassen nicht aufnehmen konnte, was zu Überschwemmungen führte. Nun das entgegengesetzte Bild: Autos, die von den Fluten verschluckt wurden, aber auch Menschen, die ihre Gesichter dem heiß ersehnten Regen entgegenhielten, und andere, die glücklich in den plötzlich entstandenen Seen dort badeten, wo einmal eine Straße war.

Tränen über die verbrannten Pfoten eines durstigen kleinen Koalas! Der Anblick kaum auszuhalten! Und dann – ganz plötzlich! – keimt da, wo die Feuer erstickt sind, neues Leben. Aus dem Waldboden sprießt Farn, erste

Blüten scheinen an den verkohlten Stämmen. Es mag sich um ein verheerendes Inferno gehandelt haben, aber es gibt Hoffnung. Es ist der Anfang neuen Lebens!

Wie kommt das?

Anke Jentsch, die an der Universität Bayreuth stark gestörte Ökosysteme erforscht, sagt, dass die Flammen zwar viele Äste verbrennen, dass die Bäume aber den Stamm mit einer sehr dicken Rinde schützen würden. Darunter würden die Knospen die Hitze typischer Brände recht gut überstehen. Später würden aus diesen Knospen und damit direkt aus dem Stamm grüne Nadeln sprießen.

Bei vielen Feuern, so die Störungsökologin, gäbe es aber auch Refugien, in denen die charakteristischen Arten in kleinen Gruppen überleben, z. B. Senken, in denen sich die Feuchtigkeit besser gehalten hat und so die Temperaturen ein wenig niedriger bleiben. Im Boden würden ein paar Wurzeln und Samen übrig bleiben, aus denen beim ersten Regen nach dem Brand neues Grün sprießt. Bis sich die Natur von einem Vegetationsbrand wieder vollständig erholt hat, könne es aber lange dauern.

Der Natur wohnt also ein Überlebensmechanismus inne, eine Kraft, die nie aufgibt, sondern immer neue Möglichkeiten findet, Leben zum Ausdruck zu bringen. Ich muss an John, einen Freund aus den USA denken, dem mein Mann und ich vor 30 Jahren dort begegneten. Er war eine eindrucksvolle Persönlichkeit, und ebenso eindrucksvoll war der Satz, den er sagte und den ich nie vergaß: „So wie das Gras durch den Granit bricht, so setzt LEBEN sich immer durch." Wir fragten ihn, wie er diese Kraft nennen würde. Er antwortete: „Natürlich Gott, denn nur eine geistige Macht kann Leben zum Ausdruck bringen. Eine materielle Ursache kann es nicht geben." Dem mussten wir zustimmen.

Auch wir Menschen tragen diesen Überlebensmechanismus, dieses Leben, in uns. Wir wissen es oft nur nicht. Ich kannte einen älteren Mann, der, nach Aussage mehrerer Ärzte und nach dem Augenschein, schon auf dem Sterbebett lag und sich ganz plötzlich wieder erholte. Er lebte danach noch mehrere Jahre. Als seine Tochter uns davon erzählte, sagte sie: „Mein Vater hat einfach gewusst, dass er überleben würde. Er WUSSTE es!" Ist dieses Wissen nicht Leben?

Jesus wusste, dass Gott LEBEN ist, und so konnte er Lazarus vom Tode erwecken – zu neuem Leben. Johannes 11: 1–46. Für mich ist dieser biblische Bericht nicht nur eine Geschichte, sondern ein Hinweis, dass LEBEN DA IST.

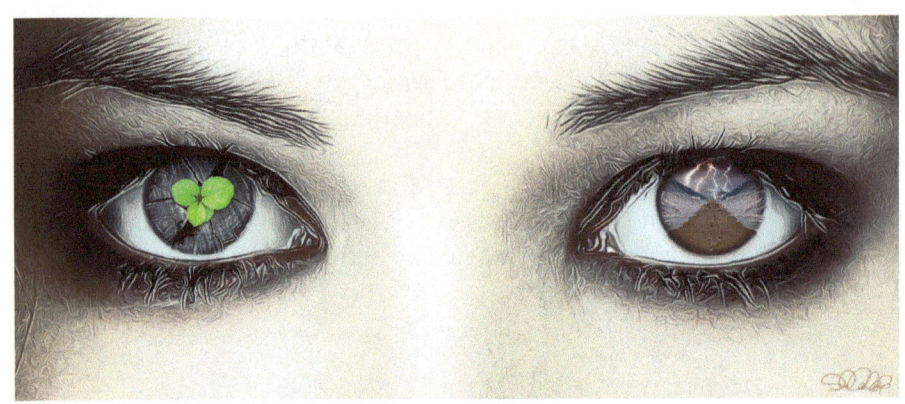

Zeichen und Wunder

Von Ute Coltzau

Der Volksmund sagt: „Es geschehen noch Zeichen und Wunder." Das bedeutet meistens: Da ist etwas Großes eingetreten, was ich mir gewünscht habe, an das ich aber nie richtig geglaubt habe.

In der Bibel erzählt der Prophet Daniel vom König Nebukadnezar, der sich zu Gott bekennt und sagt: „Es gefällt mir, die Zeichen und Wunder zu verkünden, die Gott der Höchste an mir getan hat. Denn seine Zeichen sind groß und seine Wunder sind mächtig, und sein Reich ist ein ewiges Reich, und seine Herrschaft währet für und für." (Daniel 3: 32,33) Daniel betrachtet die Zeichen und Wunder also von einer höheren Warte aus, er bezieht sie auf Gott.

Im 2. Buch Mose wird geschildert, wie die Kinder Israel auf ihrer Wanderung durch die Wüste immer wieder Zeichen und Wunder erlebten – je nach ihrer Willigkeit, Gottes Stimme zu gehorchen. Es ist wissenschaftlich erwiesen, dass sie während einer Hungerperiode plötzlich „gespeist" (versorgt) wurden.

Ein Freund von mir spricht oft von „Zeichen". Er meint damit ungewöhnliche Begebenheiten, die in irgendeinem Zusammenhang mit seinem Leben stehen. Das kann ein alter Freund sein, den er jahrelang nicht gesehen hatte, an den er ohne äußeren Anlass gerade gedacht hatte und den er plötzlich in einem Ort trifft, den er nur an diesem Tag besucht. Vielleicht entwickelt sich daraus eine Fortführung der Freundschaft, die für beide nützlich ist. Dann sagt er: „Das musste wohl so sein!" Ist das ein Zeichen oder ein Wunder? Wahrscheinlich beides – je nach dem persönlichen Empfinden der beiden. Nach der Meinung meines Freundes Dirk können Zeichen wahrgenommen werden, ohne dass man ihre Bedeutung zunächst zuordnen kann. Sie können auf Wunder, die noch nicht eingetreten sind, hindeuten. Wenn man offen für Zeichen ist, erlebt man sie oft.

Es kommt vor, dass man ihre Bedeutung erst im Nachhinein erkennt, d. h. dass ein Ereignis sich bereits vorher angekündigt hat.

Von meinem Wohnort aus habe ich zwei Möglichkeiten, in einen Kurort zu gelangen, „über die Dörfer" – sehr hübsche Gegend, aber umständlich – oder durch zwei kleine Städte, was schneller geht. Ich hatte dort einen Termin. Obwohl ich vor hatte, an der Kreuzung nach rechts abzubiegen, um den schnelleren Weg zu wählen, entschloss ich mich in letzter Sekunde nach links abzubiegen und über die Dörfer zu fahren. Später erfuhr ich, dass sich auf der Autobahn ein schwerer Unfall ereignet hatte und dass sich der Verkehr bis auf die Straße zurück gestaut hatte, die ich eigentlich hatte wählen wollen. Das war für mich eindeutig ein Zeichen, das auf eine Gefahr hinwies.

„Zeichen" kommt von zeigen. Es kann sich etwas zeigen, was eintreffen wird.

Schon lange hatte ich den Wunsch, mit einer Spende eine kleine Gruppe oder eine große Organisation zu unterstützen, die sich mit Hingabe dem Wohl der Menschheit widmet. Eine konkrete Vorstellung, welche das sein sollte, hatte ich nicht, aber der Wunsch lebte in meinem Herzen. Ich wollte nichts mit menschlichem Willen entscheiden, sondern wollte darauf vertrauen, dass ein Zeichen kommen würde. Ich war mir sicher. „Es muss eine Organisation sein," dachte ich, „ zu der ich innerlich eine Beziehung habe." Die Organisationen, die ich kannte, hatte ich nämlich schon unterstützt.

Und es geschah genauso!

Eines Tages machte ich einen Stadtbummel in einer kleinen Stadt in der Nähe meines Wohnortes. Da trat plötzlich ein sympathischer junger Mann auf mich zu. Hinter ihm sah ich einen Stand mit der Aufschrift „SOS-Kinderdorf". „Ach," dachte ich, „der will eine Spende. Das ist eine gute Sache. Tolle Idee!" Ich wollte gerade mein Portemonnaie zücken, da bat mich der junge Mann um eine Minute Zeit. Ich wollte eigentlich nicht, denn ich wusste, das Gespräch würde darauf hinauslaufen, dass ich eine Verpflichtung unterschreiben müsste. Ich wollte zwar eine hohe, aber einmalige Spende machen. Der warmherzigen Ausstrahlung des jungen Mannes konnte ich mich jedoch nicht entziehen, und so hörte ich zu, was er zu sagen hatte. Es entwickelte sich ein Gespräch über die SOS-Kinderdörfer, und da fiel mir ein, dass sowohl mein Mann als auch mein Lebensgefährte diese finanziell unterstützt hatte. Der junge Mann erklärte mir, dass eine einmalige Spende nicht helfen würde, sondern dass regelmäßige Unterstützer gebraucht würden.

Die Chemie zwischen uns stimmte sofort. Seine Ausstrahlung war authentisch, nicht die eines Menschen, der darauf angesetzt war, Spender zu „fangen". Als Pädagogikstudent liebte er Kinder. So stand ich an dem Stand fast eine Stunde lang, wir kamen vom Hundertsten ins Tausendste, er erzählte mir von seinem Studium und ich ihm von meinen Büchern. Er notierte sich auf einem meiner Flyer, welche Bücher ich gerade lese.

Ich habe dann doch einen Vertrag unterschrieben, der mich verpflichtet, eine monatliche Summe an die SOS-Kinderdörfer zu überweisen, den ich aber jederzeit kündigen kann.

Als ich schließlich weiterging, dachte ich: „Dies hier ist genau richtig!" Dieser junge Mann war das Zeichen, dass ich genau da spenden musste, wo meine Hilfe gebraucht wird, nämlich da, wo Kinder sind. Und ich sagte zu dem jungen künftigen Kollegen: „Dies ist ein Glücksmoment an diesem Tag."

Wunder gab und gibt es in meinem Leben viele. Als ich meinen Bungalow verkauft hatte, in meinem neuen Wohnort aber keine Wohnung fand, erschien plötzlich ein langjähriger Freund, von dem ich lange nichts gehört hatte, und sagte: „Zieh doch als Mieterin in mein Haus!" Da bin ich nun, und es ist richtig! Wieso erschien er gerade bei mir, als ich es brauchte?

Als ich vor langer Zeit mit einem unguten Wesenszug in mir gerungen hatte und einfach keine Lösung wusste, kam plötzlich von einem Menschen, den ich vorher nur einmal gesehen hatte, unerwartet und so ganz nebenbei die Antwort, die ich brauchte, und sie kam so, dass ich sie akzeptieren konnte. Das war ein Wunder, und nun bin ich erlöst!

Der Leser mag vielleicht denken, all diese Erlebnisse seien Zufälle gewesen. Gut – das Wort „Zufall" bezeichnet etwas, das einem zugefallen ist. Woher das, was einem zufällt, kommt, ist eine Sache der persönlichen Interpretation.

Ich fühle mich da eins mit dem biblischen Daniel.

Sympathie – mal ganz anders

Von Ute Coltzau

Es war auf der A2 Richtung Hannover. Auf der Auffahrt Wunstorf war es unmöglich, auf die Autobahn zu gelangen. Auf der rechten Spur drängte sich Lkw an Lkw. Halten Lkw eigentlich nie Abstand?

Da – eine kleine Lücke! Platz für ein halbes Auto. Das Taxi vor mir quetschte sich hinein, war aber noch nicht ganz drin. Ich sah meine Chance und hängte mich an das Taxi, gefährlich nah. Das Taxi rutschte, als der vordere Lkw sich ein wenig bewegte, in die Lücke – und da! Der Lkw hinter mir blieb stehen und ließ mich auch hinein! Mein freundliches Lächeln und Handzeichen zeigten ihm meine Dankbarkeit. Es ging nur langsam voran auf der rechten Spur, aber ich musste da bleiben, weil ich in Herrenhausen wieder raus musste und es nicht möglich war, auf die linke und mittlere Spur zu fahren, so schnell rasten die zahlreichen Pkw dahin. Keine Lücke! Selbst wenn ich es gewollt hätte, es wäre nicht möglich gewesen, die dicht aneinander fahrenden Lkw zu überholen und vor der Ausfahrt Herrenhausen eine Lücke auf der rechten Spur zu finden. Ich blieb also, wo ich war.

Langweilig, werden Sie denken, so etwas gibt es doch immer wieder. Das kennen wir doch alle. Aber was jetzt kam, war etwas Besonderes, denn nun begann meine Beziehung zu dem Lkw-Fahrer hinter mir.

Warum, weiß ich nicht. Er sah nur meinen Kopf von hinten. Vielleicht gefiel ihm mein Nummernschild, das mit IQ 222 etwas Lustiges hat, oder die blau glänzende Farbe meines Autos. Jedenfalls blieb er immer hinter mir in gebührendem Abstand, und auch, wenn ich bremsen musste, wahrte er den Abstand. Oft erlebe ich, dass Lkw gefährlich nah auffahren. Es gab einen Moment, da hätte er mich überholen können, was andere längst getan hätten, da ich ja langsam fahren musste.

Es war seltsam, dieser Lkw-Fahrer hielt sich immer hinter mir in gebührendem Abstand, den er auch nicht vergrößerte, um andere Lkw zwischen uns zu lassen.

Als ich schließlich doch auf die mittlere Spur wechseln konnte, um schneller voran zu kommen, wechselte auch er auf die mittlere Spur und blieb wieder hinter mir – wieder in einem Abstand, der sicher für mich war. Es ist schwer, Ihnen diese Situation verständlich zu machen, aber die Sympathie zwischen diesem Lkw-Fahrer und mir war spürbar. Als ich, rechts blinkend, schließlich auf die rechte Spur wechseln konnte und in Herrenhausen die A2 verließ, fuhr er auf der mittleren Spur weiter. Ich winkte ihm zu, glaube aber nicht, dass er es sehen konnte. Gefühlt hat er diesen Gruß aber ganz bestimmt.

Sie denken vielleicht, ich hätte mir dies alles eingebildet. Aber nein! Es war tröstlich zu erleben, wie ein großer Lkw mich inmitten dieses starken Verkehrs irgendwie beschützte. Es war Harmonie in diesem ständigen Fahren, Wechseln der Spuren, Abstand Halten, alles immer gemeinsam. Übrigens, einmal habe ich dem Fahrer durchs Fenster zugewinkt.

Sie meinen trotzdem, ich habe mir das alles eingebildet? Und wenn... na und?

Freude an Cartoons

(Hommage an Miguel)

Leere weiße Blätter haben mich bereits in meiner Kindheit eindringlich aufgefordert, sie zu füllen. Ständig kamen die Wörter „bunt und lustig". Also folgte ich diesem inneren Befehl und zeichnete kleine und große Menschen auf die Seiten immer dann, wenn sich die Gelegenheit ergab. Dies geschah aber nicht in der Schule, wenn der Unterricht langweilig war, denn damals gab es keinen langweiligen Unterricht – jedenfalls nicht für eine Schülerin, die einmal Lehrerin werden wollte. Sicher aber für meinen Klassenkameraden Uwe, der den Unterricht störte, aber der konnte nicht zeichnen. Sonst hätte er nicht gestört. Dies nur nebenbei. Natürlich kolorierte ich meine Kunstwerke bunt.

Traurige Figuren gab es nicht. Alle lachten. Leider standen sie ziemlich unbeweglich da, sie schauten immer nur mich an, denn zeichnen konnte ich eigentlich nicht. Das wusste ich damals allerdings nicht. Es hätte mir die

Freude verdorben. Meine Gymnasiallehrerin machte mir das viel später mit einer 4 im Zeugnis klar. Kein Wunder, wir nannten sie „Tuschkasten", weil sie übertrieben geschminkt war, meine Auffassung von „bunt" war eben eine andere.

Ich besitze noch ein paar meiner kindlichen Kunstwerke und muss nachträglich sagen: Sie haben Ausstrahlung und einen kindlichen Charme. Was sich damals schon andeutete: Ich habe unbewusst meinen Sinn für Humor ausgedrückt.

„Bunt" und „lustig" – diese Begriffe begleiteten mich ein Leben lang. Als größeres Kind begann ich mich für politische Karikaturen zu interessieren. In der Tageszeitung „DIE WELT", die meine Mutter schon damals abonnierte, wurden sie regelmäßig abgedruckt. Es waren politische Karikaturen, und ich fand es zum Lachen, wie unsere Politiker verulkt wurden. Ich erinnere mich noch an den Namen des Meisters. Ich kann ihn zwar aussprechen, aber nicht schreiben. Er klingt so wie „Scheftschuk". Bei Google finde ich ihn nicht. Ich war so begeistert, dass ich seine Karikaturen ausschnitt. Später kaufte ich mir von meinem Taschengeld sein Buch.

Damals entstand der Wunsch in mir, selbst politische Karikaturen zu zeichnen. Dieser Wunsch hat mich jahrzehntelang nicht verlassen. Seltsamerweise habe ich mich nie bemüht herauszufinden, ob und wo man das lernen konnte. Internet gab es ja noch nicht. Ich dachte irgendwie, dass diesen begnadeten Künstlern ihr Talent einfach so vom Himmel fällt. Ernsthaft.

Bis vor knapp zehn Jahren mein Lebensgefährte mich anrief und sagte: „Google mal die Studiengemeinschaft Darmstadt (sgd), die bieten Lehrgänge an!" Ich fiel aus allen Wolken! Das gab es wirklich? Gesagt – getan! Ich informiere mich, aber einen Lehrgang für das Zeichnen von politischen Karikaturen gab es nicht. Stattdessen ein einjähriges „Fernstudium in Karikatur- und Comiczeichnen".

Mit Cartoons, diesen lustigen Szenen, hatte ich es nie zu tun gehabt. Nun musste ich mich damit auseinander setzen – immer mit dem Hintergedanken, zur politischen Karikatur würden wir wohl noch kommen, was aber nicht passierte. Stattdessen fand ich von Lernheft zu Lernheft – zwölf waren es – immer mehr Gefallen am Zeichnen von Cartoons. Zugute kam mir mein Ideenreichtum, den ich ja von Kindesbeinen an gepflegt hatte, und so arbeitete ich oft tagelang von 15 h bis 23 h und bekam schließlich im Abschlusszeugnis eine 2.

Nun konnte ich meine Grußkarten selbst zeichnen und meinen Humor und Spott darin unterbringen. Meine Spezialität ist immer noch das Zeichnen von Tieren, sie eignen sich nämlich besonders dafür wegen ihrer den Menschen ähnlichen Eigenschaften (Denkart der Cartoonisten) und meiner Liebe zu Tieren.

Auch ein paar politische Karikaturen brachte ich zustande, was schwierig ist, denn diese sind ein Tagesmoment und gelten manchmal am nächsten Tag nicht mehr, und ich brauchte oft zwei bis drei Tage, um sie zu zeichnen. Die Politiker mussten ja zu erkennen sein. Dennoch bleibt mein Traum weiterhin die politische Karikatur.

Cartoons können Menschen zusammen bringen. Nachdem ich meinen Lehrgang beendet hatte, suchte ich im Internet nach Meistern auf meinem neuen Gebiet. Und – oh Überraschung! – ich fand einen guten alten Freund wieder, Miguel Fernandez, der jetzt sogar in meinem Wohnort lebt.

Ich nahm Kontakt auf, und nun bin ich mit seiner ganzen Familie befreundet. Wir helfen uns gegenseitig in vielfältiger Art und Weise. Und als Highlight: Miguel ist mein zweiter Lehrer geworden, wenn es meinen Cartoons mal wieder an der korrekten Perspektive fehlt. Und seine Tochter Fabia ist die Illustratorin genau dieser Geschichte.

Das bedeutet auch: Freude an Cartoons!

(Bild von Emma, 6 Jahre)

Hundeversteherin

Von Ute Coltzau

Es fiel mir zum ersten Mal auf, als ich mit meinem Mann vor 25 Jahren in San Francisco war – mein Talent, Hunde zu verstehen. Unsere amerikanische Freundin Margaret hatte einen Schäferhund, Colonel, der einen gestörten Charakter hatte. Das arme Tier hatte einem Puertoricaner gehört, der es jahrelang angebunden von morgens bis abends auf seinem Balkon hatte sitzen lassen. Obwohl der Tierschutzgedanke damals in den USA weder verbreitet noch gesetzlich verankert war, war der erbarmungswürdige Zustand von Colonel Nachbarn aufgefallen, und sie hatten den Tierschutz-Verein alarmiert. So kam Colonel zu Margaret.

Der Hund war froh über sein neues Zuhause. Hier gab es Futter und Streicheleinheiten. Aber er ließ keinen anderen Menschen an sich heran, nicht einmal Margarets Tochter Gitta. Den ganzen Tag über saß er bei offener Tür im Kofferraum von Margarets Kombi.

Wir besuchten Margaret an einem Nachmittag. Ich brannte darauf, den Hund zu sehen, aber Margaret sagte: „Ihr kennt Colonels Geschichte. Der kommt nicht raus." Sie rief seinen Namen, und er sprang heraus, blieb aber erschrocken stehen, als er uns sah, und bewegte sich vorsichtig zurück. So viel Angst tat mir unendlich leid. Ich lockte ihn zwei Mal mit leiser Stimme. Und oh Wunder, vorsichtig schlich er in meine Richtung – ich wagte nicht zu atmen und rührte mich nicht. Drei Schritte ging er zurück und dann kam er zu mir und ich durfte ihn streicheln, ganz sanft, zwei Mal. Margaret sagte: „Nein, ich glaube es nicht! Außer mir durfte das noch nie jemand!"

Vor unserem Hotel an der Ostsee begegnete ich Lexie, einer Beagle-Hündin, mit Herrchen. Lexie trug einen großen, dicken Stock in der Schnauze. Ihr Herrchen versuchte vergeblich, sie dazu zu bewegen, ihn abzulegen, denn ins Hotel durfte sie ihn nicht mitnehmen. Lexie blieb stur. Ich musste lachen, und das Herrchen sagte: „Lexie gibt den Stock nur meiner Frau. Die muss jetzt runter kommen." Ich schlug vor, es zu versuchen, aber das Herrchen lachte: „Das wird nicht klappen!" Ich streckte die Hand aus und rief: „Komm, Lexie!" Der Hund wedelte mit dem Schwanz, kam auf mich zu und legte mir den Stock vor die Füße. Mit seinen großen Augen sah er mich an, und ich streichelte ihn. Das Herrchen staunte: „So etwas hat es noch nie gegeben."

In einem Waldstück bei Buxtehude begegneten mein Lebensgefährte und ich einer Joggerin, die von einem großen Hund begleitet wurde. Sie blickte sich ab und zu nach ihm um, denn er betrachtete den Spaziergang mehr als gemütliches Abenteuer denn als Sport wie sein Frauchen – Abenteuer, weil es ständig etwas Neues, Interessantes, im Gras zu entdecken gab.

Als wir uns näherten, hob er den Kopf, blieb stehen und sah mich unverwandt an. Ich fragte die Joggerin nach seinem Namen. Sie sagte: "Hasso", und als er daraufhin den Kopf zu ihr hob: „Wie spricht der Hund?" Er machte: „Wau wauuuuu!" Als ich dasselbe versuchte, antwortete er tatsächlich genauso und lehnte sich an mein rechtes Bein. Natürlich streichelte ich ihn ausgiebig, mein Herz lief über vor Glück. Dann rief sein Frauchen: „Komm!" und rannte weiter, aber Hasso blieb, an mein Bein gelehnt, stehen.

Inzwischen war die Joggerin schon weit weg. Als sie merkte, dass Hasso nicht folgte, rief sie ungeduldig: „Hasso, los! Komm!" Verständlich, denn dieser Auslauf war ja als Sport geplant und nicht als Hunde-Rendezvous mit mir. Da Hasso sich trotzdem nicht rührte, gab ich ihm einen liebevollen Schubs nach vorne, aber er blieb bei mir. Schließlich kam das Frauchen zurück und brüllte ihn an. Hasso war wie in Trance. Ich schubste ihn nochmal vorwärts, und schließlich trottete er mit gesenktem Kopf widerwillig hinterher. Was wohl in ihm vorging?

Und jetzt kommt es! Als das Frauchen wieder weit weggerannt war, folgte Hasso zwar, aber er drehte sich noch ein paar Mal nach mir um.

Ich war gerührt und fragte mich: Welches ist das Geheimnis meines Talentes, Hunde zu verstehen?

Ich mag sie nicht nur, sondern ich gebe ihnen mein ganzes Herz.

Das empfindet auch Sparky, der Golden Retriever meiner Freundin Kerstin. Wenn ich mit ihrer Familie skype, ist Sparky immer dabei. Kerstin gibt ihm Leckerli, und zwar so, dass sein Gesicht in den Bildschirm schaut. Ich spreche dann mit ihm ganz laut, habe aber bisher nicht gewusst, ob er mich versteht. Kürzlich schaute er mir wieder genau ins Gesicht, und ich sprach ihn an. Danach unterhielt ich mich mit Kerstin, und sie erzählte mir, dass Sparky gerade eine Freudenpipi gemacht hatte.

Ein paar Tage später besuchte ich Kerstins Familie. Während sie den Kaffeetisch deckte, sagte sie zu ihrem Sohn Tom: „Gleich kommt Ute." Beim Stichwort „Ute" sprang Sparky auf und lief zum Computer.

Wenn ich daran denke, fehlen mir noch jetzt Worte der Rührung.

Lady

Von Ute Coltzau

An der Wand gegenüber einem Bett hängt ein großes gerahmtes Foto von Lady. Lady war ein grauer Toy-Pudel mit drei schwarzen Knöpfen im Gesicht, einem etwas schiefen Gebiss und einer lockeren Blase. Die Urkunde wies ihren adeligen Namen aus als „Silver Lady von der Silberburg", aber diese „Silberburg" war ein dreckiger Raum einer Zwischenhändlerin in Garbsen, in dem viele Kisten mit Pudeln standen, die alle darauf warteten, ein Zuhause zu finden. Dort fanden mein Mann und ich Lady. Sie fiel auf durch ihre Ausstrahlung. Wir nahmen sie.

Lady wurde nie ganz stubenrein. Damals hatten wir einen Langflor-Teppich. Wenn man den umdrehte, fielen große Sagrotan-Flecken auf.

Pudel haaren nicht, aber man muss sie bürsten. Dann bleiben die Haare in der Bürste hängen. Wenn wir Lady bürsten wollten, achteten wir darauf, dass der Klodeckel runter geklappt war. Wir legten ein altes Handtuch drauf, sagten „Lady, hopp!", und Lady sprang hinauf.

Eines Tages standen wir in der Küche und besprachen den Tagesplan. Mein Mann meinte: „Zuerst Lady kämmen. Dann..." Auf dieses Stichwort sauste Lady ins Bad und sprang los – hinein in die Toilette! Da hockte sie nun wie ein Häufchen Elend, eben wie ein begossener Pudel.

Lady war eine schöne Hündin. Sie wusste das. Wenn ich in einer Boutique nach Kleidung stöberte, wartete mein Mann draußen mit Lady an der Leine. Kam ich heraus, standen stets alte Damen um meinen Mann und Lady herum und riefen entzückt: „Ist die süüüüß!" Und Lady wedelte.

Kein Wunder, dass sie die Nase etwas hoch trug. Rüden waren unter ihrer Würde, sie mochten sich noch so viel Mühe geben. Wenn sie aber läufig war, änderte sich alles. Nun interessierte sie sich nur für Sherry, den hässlichen Straßenköter unseres Dorfes. Ich benutze diesen Ausdruck sonst nicht, weil ich Hunde liebe. Aber Sherry war ein Graus. Er sprang über den Zaun den Nachbarn auf die Terrasse und pinkelte an die Terrassentür. Auch ein Eimer Wasser half nicht, ihn zu vertreiben. Er kam umwendend zurück. Er war penetrant. Und hinter diesem Sherry war dann meine Lady her – keine Lady! Wir mussten höllisch aufpassen. Der edle Langhaardackel Waxel, der Lady liebte, hatte keine Chance.

Eines Abends hatten wir Freunde zu einer Käseplatte eingeladen. Der Tisch mit dem Abendbrot war niedrig. Als unsere Gäste klingelten, gingen wir zur Tür. Diesmal kam Lady, die von Natur aus neugierig war, nicht mit. Dann gingen wir ins Esszimmer zurück und sahen gerade noch, wie Ladys rote Zunge über den Käseteller leckte. Zum Glück hatten wir noch Wurst im Kühlschrank. Wir haben natürlich mit Lady geschimpft, waren ihr aber nicht ernsthaft böse, denn wir waren zu verliebt in sie.

Ich habe damals ein Büchlein über Lady geschrieben. Kürzlich fand ich es wieder. Es heißt „Lady Stories".

(Bild von Emma, 6 Jahre)

Lady auf der Flucht vor Willi

Von Ute Coltzau

Ach ja, meine kleine Lady! Die süße graue Toy-Pudel-Hündin mit den drei schwarzen Knöpfen im Gesicht! Sie war ein reizendes Tierchen, das das Pfötchen hob, wenn man ihm eine Frage stellte. Pfötchen hoch = Fragezeichen! Dazu legte sie das Köpfchen schräg zur Seite, was wirklich niedlich aussah.

Alle Menschen mochten Lady, aber Lady mochte nicht alle Menschen. Vor allem mochte sie keine Kinder, weil die sich, schreiend vor Begeisterung, auf sie stürzten, um sie in ihren Armen fast zu zerdrücken. Das verstand Lady aber leider nicht. Und so wurde sie zum Kläffer, der schon aus der Ferne anfing, lauthals seine Abneigung zu artikulieren.

Noch schlimmer aber war es mit Willi. Dem zeigte sie ihre Abneigung auf ganz andere Art, und, ehrlich gesagt, er hatte selber Schuld. Aber das schadete meinem Mann und mir, was Lady aber nicht wusste. Denn ihre Art, Willi zu strafen, war Missachtung!

Willi, ein angeheirateter Verwandter, war eine ehrliche Haut, aber ein grober Klotz und leider kein Tierfreund. Als Hobbybauer hatte er in einem engen Stall einen Bullen stehen, der zum Schlachten bestimmt war. Dieses arme Tier durfte niemals raus, obwohl Willis Garten riesig war. Er stand einfach nur da: Futter vorne rein, hinten raus.

Willi hatte es sich mit Lady verscherzt, weil er, wann immer er sie sah, mit den Füßen scharrte, was sie bis aufs Blut reizte. Mich auch. Willi wohnte in Hagenburg, wir in Schloss Ricklingen, das zu Garbsen gehört. Eines Tages wollten wir Willis Familie besuchen.

Als wir dort ankamen, trat Willi aus dem Haus und begrüßte uns freundlich. Lady beachtete er nicht, ich leider auch nicht, was ich bitter bereuen sollte. Wir unterhielten uns einfach mit Willi. Schließlich ging er ins Haus, und wir folgten ihm. Im Wohnzimmer saß Willis Frau Ilse und nähte. Sie erzählte von ihrem Tag. Eine halbe Stunde später verabschiedeten wir uns und gingen hinaus. Aber – oh weh! Wo war Lady? Wir suchten sie im ganzen Haus, sogar bei dem armen Bullen, obwohl das natürlich sinnlos war. Wo wir auch suchten und wie laut wir auch riefen, Lady war weg!

Unverrichteter Dinge fuhren wir schließlich nach Hause und überlegten, wie wir unsere Lady wohl wiederfinden könnten. Uns war natürlich klar, warum Lady die Flucht ergriffen hatte. Eine Flucht vor Willi! Ich konnte mir ihre Gedanken genau vorstellen: „Die gehen rein mit Willi, ich gehe nach Hause!" Dachte es, drehte um und schlug den Weg nach Hause ein. Aber welchen? Lady war ein Dorfhund und nicht gewöhnt, unbekannte, weite Wege zu laufen. Zum Glück trug sie ein Halsband mit einer Steuernummer von Garbsen.

Am nächsten Tag fuhren mein Mann und ich gleich vormittags nach Hagenburg. Wir befragten Nachbarn, ob sie Lady gesehen hatten. Einer hatte sie laufen gesehen, und zwar in Richtung Auhagen. Also kannten wir die Richtung, in die sie gelaufen war, aber das war am Vortag gewesen; eine Nacht lag dazwischen. Wir hefteten Plakate an viele Bäume. Um die Mittagszeit fuhren wir nach Hause – ohne Lady!

Um 15 Uhr klingelte das Telefon. Es war die Gemeindeverwaltung Haste. Lady war gefunden worden! Sie war einem 10-jährigen Jungen in die Arme gelaufen, Roger, der sie sofort zur Gemeindeverwaltung gebracht hatte. Wir ließen uns Rogers Adresse geben und machten uns auf den Weg nach Haste. Bei Roger schlossen wir Lady überglücklich in die Arme, und ich fragte sie: „Lady, wo warst du denn? Wo hast du die Nacht verbracht?" Aber Lady, schmutzig und zerzaust, aber unverletzt, hat uns das nicht verraten! Wir mochten uns gar nicht vorstellen, was Lady im Haster Wald alles hätte passieren können.

Wir belohnten Roger mit 200 DM, 100 DM von uns, 100 DM von meiner Mutter. Rogers Eltern wollten diese große Summe nicht annehmen, aber ich sagte: „Jedes andere Kind hätte das Tier erst mit nach Hause genommen und dann – vielleicht, vielleicht auch nicht – überlegt, wie man den Besitzer hätte ausfindig machen können. Tage wären vergangen. Roger aber war sofort zur Gemeindeverwaltung gegangen, weil er die Steuermarke gesehen und sich vorgestellt hatte, wie sehr Ladys Herrchen und Frauchen gelitten haben mussten. So ein verantwortungsvolles Verhalten muss einfach belohnt werden! Dieser Junge ist ein Vorbild für andere Kinder."

So endete Ladys Flucht vor Willi mit einem Happy End. Wir dankten Gott für Ladys Schutz, und ich glaube, Lady auch.

Jippie......

Skunki Lotte

Von Dirk Scheerle

Wie jeden Tag war es morgens soweit, die Beagledame Lotte und ihr Ersatzherrchen machten sich auf den Gassiweg.

Als Balljunkie war sie versessen darauf, ihrem Tennisball nachzujagen.

Also begann das erneute Spielchen: das Bellen kündigte den Befehl zur Aktion an und mit der Ballschleuder wurde der grüngelbe Ball soweit wie möglich in die Gegend katapultiert. Wie ein Blitz hechelte sie hinter diesem Etwas hinterher. Nach einer gewissen Zeit veränderte sich dann die Farbe in ein „Grau-Braun-haste-nicht-gesehen".

Diesmal hätte ich allerdings stutzig werden müssen. Lottes Elan ließ zu wünschen übrig.

Sie haute mit ihrer erjagten Beute ab und kam zögerlich wieder zurück.

Schließlich büchste sie richtig aus und trotz Rufens blieb sie auf einer Wiese weitab von mir. Dort erkundete sie gründlich den Boden.

Als Lotte schließlich anfing, sich zu wälzen, war mir einiges klar geworden:

Sie nahm ein reichliches Güllemoorbad zu sich... *grrrrrrrrrrrr*

Bei jedem energischen Ruf entfernte sie sich noch mehr in dem Wissen, ich kriege sie ja doch nicht. Und wieder ein intensives Wälzen im „Parfum àla dame de chien" .

Irgendwann erwies sie mir die große Gnade zurückzukehren.

Aus einer ursprünglichen Tricolorhündin wurde ein quasi eintönig bräunliches Fellbündel.

Und ein Duft erhob sich über diesem nicht ganz eindeutig identifizierbaren „Skunki".

Ohne Lotte eines Blickes zu würdigen, wurde sie an der Leine nach Hause geführt.

Nun konnte ich sie erst einmal im Garten grundsanieren:
Zwei Duschgänge mit der Gießkanne und zwei Handtücher... Lottes Duft war selbst danach bis weit in die Region wahrzunehmen.

Schließlich trug ich Lotte an langen Armen und Bizeps fordernd in das Badezimmer in die Dusche. Dritter Duschgang... drittes Handtuch.

Was soll ich sagen: Lotte stank!!!
Dann erfolgte ein vierter Waschgang:

Gemeinsam mit Skunki Lotte stand ich nun auch in der Dusche und schamponierte dieses Etwas ordentlich ein. Das vierte Handtuch musste daran glauben.

Im Wissen um Lottes Leidenschaft, nach „Nass werden" genießerisch über einen Teppichboden zu schrubben, habe ich vor Lottes Haftentlassung aus dem Badezimmer sämtliche Räume mit dortigen Teppichen erst einmal hermetisch abgeriegelt. Dann wurde der Flurteppich geruchsneutral gestaltet.

Kaum aus dem Badezimmer befreit, schoss Skunki Lotte also auf diesen Teppich zu, roch den ihr zuwider in die Nase steigenden Duft und ignorierte enttäuscht und mit einer deutlichen Verachtung dieses Areal.

Ihr blieb nun nichts anderes übrig, als in der ihr zugänglichen Küche in ihrem Hundekörbchen zu wüten, bis ihr Kissen sie so umgab, wie sie sich das vorstellte.

Und nun die Krönung: Skunki Lotte schlief in ihrer Wolke ein, schnarchte und träumte offensichtlich von ihrem Güllebaderfolg.

Schweißgebadet stand ich nun da und mir kam die Erkenntnis des Tages:

Nicht nur Katzen haben IHR Personal :(

Ein flauschiger Besucher

Von Ute Coltzau

Meine Freundin Barbara aus Bonn erzählte mir folgende Geschichte:

Manchmal halte ich mein verspätetes Mittagschläfchen auf einem Bett im Wohnzimmer. So auch an diesem Tag. Ich hatte meinen Sohn gebeten, mir ein paar Einkäufe vom Schlachter mitzubringen.

Ich muss eingeschlafen sein. Erwacht bin ich von einem ungewöhnlichen Knistern. Noch im Halbschlaf, meinte ich, mein Sohn sei mit den Einkäufen zurück gekommen, und murmelte: „Stell die Sachen in die Küche." Da das Knistern aber nicht aufhörte, fuhr ich schließlich hoch – und traute meinen Augen nicht! Mir gegenüber saß ein kleines rotes Eichhörnchen, fast noch ein Baby, wie mir schien. Ungläubig starrte ich es an, und es starrte mich an – sekundenlang. Was es wohl gedacht haben mag? Ich aber geriet in Panik, und aufgeregte Gedanken fuhren mir durch den Kopf: „Es muss weg! Aber wie? Kann es beißen? Überträgt es Keime? Wen rufe ich an, die Feuerwehr oder den Kammerjäger?"

Als hätte das Tierchen meine Gedanken gespürt, erwacht es plötzlich aus der Starre, springt hoch und klettert wie der Blitz das Regal hoch bis zu einem Glas, in dem ich Mandeln aufbewahre. Es langt hinein – und krach, fällt die daneben stehende Vase herunter und zerbricht. Aufgeschreckt, springt das Eichhörnchen runter vom Regal und verschwindet hinter dem Sofa, wo ich die Auflagen für die Gartenmöbel verstaut habe.

Um es aus diesem Versteck hervor zu locken, werfe ich drei Nüsse auf den Fußboden und öffne die Terrassentür. Aber nichts rührt sich. Das Versteck ist für das kleine Eichhörnchen einfach zu kuschelig. Ich versuche, die Auflagen hinter dem Sofa hervor zu ziehen, aber es gelingt mir nicht. Nun brülle ich los: „Verschwinde!", aber wieder rührt sich nichts.

Jetzt rufe ich meinen Sohn an, der gerade sein Büro verlassen hat, und bitte ihn, schnell zu kommen, weil ich ein Eichhörnchen im Wohnzimmer habe. Er lacht mich aus und sagt: „Spinnst du?" Ich beteure ihm, dass ich nicht spinne. Schließlich verspricht er zu kommen, was auch geschieht. Sein 16 jähriger Sohn begleitet ihn. Mein Sohn stößt mit einem Besenstil mehrfach auf den Fußboden, dass es nur so rumst, aber – wieder geschieht nichts. Schließlich geben es die beiden Männer auf und gehen.

Ich gehe ins Bad und mache mich frisch. Die Terrassentür bleibt offen, bis es dämmert.

Am nächsten Morgen sehe ich meinen kleinen Gast vor der Terrassentür sitzen und mich anschauen. Ob es wohl an die Mandeln denkt? Übrigens hat es einen Freund oder ein Familienmitglied mitgebracht. Beide hüpfen vergnügt umher.

Dass es ihm bei mir gefallen hat, beweist, dass es auch an den folgenden Tagen sich vor der Terrassentür bewegt, auch mit Familie.

Sie glauben mir nicht? Doch, diese Geschichte hat sich genauso zugetragen. Wie es herein gekommen ist und wie heraus, weiß ich allerdings nicht.

(Bild von Emma, 6 Jahre)

Das Märchen von Amigo und Emma

Von Ute Coltzau

Emma und Mia saßen kurz vor dem Schlafen gehen gemeinsam auf dem Bett. Und Emma erzählte ihrer kleinen Schwester ein Märchen:

Es war einmal ein Pferd, das hieß Amigo. Seine Besitzerin hieß Emma.

Amigo war ein trauriges Pferd.

Es wollte glücklich sein wie die anderen Pferde auf der Koppel, wusste aber nicht, wie das geht.

Die anderen Pferde sprangen fröhlich umher, schüttelten ihre Mähnen im warmen Sommerwind und wieherten laut vor Freude.

Sie beachteten Amigo nicht, denn Glück kennt oft nur sich selbst.

Emma schaute ihre Pferde zufrieden an und dachte: "Gut so. Ich mache alles richtig. Aber..." und sorgenvoll fiel ihr Blick auf Amigo.

„Was hat er nur, dass er so traurig ist?"

Tatsächlich umgab Amigo eine graue Aura, er war dünn geworden und blickte immer auf die Erde.

Für ihn gab es die große schöne Koppel nicht.

Ein kleines Pferd in der Herde sah plötzlich Amigo mitfühlend an und spürte: „Amigo hat Sehnsucht."

Es war Abend, die Sonne war fast untergegangen.

Da schwebte ganz sanft eine zauberhafte Fee heran.

Leise Musik erklang, und ein sanfter Flügelschlag war zu vernehmen.

Die Fee strich dem kleinen Pferd liebevoll über die Mähne und hob ihren Zauberstab, der grün-gold schimmerte.

Orangefarbenes Licht umflutete sie.

Sie schwang ihn drei Mal und ließ das Licht über Amigo fließen und um ihn herum.

Ein großes Glücksgefühl erfüllte ihn.

Er hob den Kopf, seine Nüstern weiteten sich, er atmete laut, und in seinen Körper floss überirdische Energie.

Er sprang auf und rannte zu der Herde, die erschrocken auseinander stob.

So etwas hatten sie noch nie gesehen.

Das kleine Pferd sprang zu Amigo und jubelte: „Amigo, siehst du, du bist orange und hast eine grüne Mähne!

Wunderschön bist du!"

Nun bildeten die anderen Pferde einen großen Kreis um Amigo und das kleine Pferd.

Die Fee ließ goldgrünes Licht um die ganze Herde herum fließen.

Dann verschwand sie lautlos.

Die kleine Mia machte ganz große Augen und rief:

„Glück ist orange und Grün bedeutet, dass alle Pferde leben."

Emma blickte verträumt vor sich hin, und Mia äußerte:
„Das hast du toll erzählt. Hast du die Fee wirklich gesehen?"

„Ja," antwortete Emma, „in einem Traum."

Kinderszenen

Von Ute Coltzau

Nein, nicht die von dem berühmten Komponisten Robert Schumann, sondern meine.

Regesbostel ist ein winziges Dorf im Alten Land in der Nähe von Hamburg. Ich wohnte dort mit meiner Mutter, meiner Oma und meinem Vater in einem hübschen Haus auf einem Hügel, dem die Bewohner später den Namen meiner Familie gaben. Meine Oma starb, als ich vier Jahre alt war, und mein Vater ließ sich von meiner Mutter scheiden, um mit einer jüngeren Frau eine neue Familie zu gründen. Später zog ich mit meiner Mutter in ein Haus in Hamburg-Blankenese, das mein Vater für uns gebaut hatte.

So weit die Vorgeschichte.

1. Szene: Die süße Maus

Meine Mutter, meine Oma und ich kamen als Flüchtlinge bei einer Bauernfamilie in Regesbostel unter. Mein Vater war in Kriegsgefangenschaft in Belgien. Die Bauersfamilie behandelte uns sehr freundlich. Wo meine Mutter schlief, weiß ich nicht mehr, aber meine Oma und ich schliefen in einer „Kammer." Eines Abends spielte meine Mutter noch etwas mit mir. Meine Oma wollte schon früh ins Bett gehen, und ich sollte bald folgen. Ich war ja noch klein. Plötzlich ertönte aus der Kammer ein gellender Schrei! Meine Mutter und ich rannten alarmiert zu meiner

Oma. Da stand sie und schrie: „Eine Maus ist in meinem Bett! Igittigitt!" Sie nahm sie am Schwanz in die Hand und stand da wie gelähmt, unfähig, daran zu denken, was nun passieren sollte. Die Maus zappelte und quiekte! Ich sagte: „Wie süß! Oma, gib sie mir!" Aber meine Oma stürzte aus der Tür in den Hof – mit der Maus.

„Oma, gib sie mir!, war noch viele Jahre danach ein geflügeltes Wort in unserer Familie. Kann es sein, dass meine Liebe zu Tieren damals ihren Anfang nahm oder erst, als ich meinen ersten Hund bekam, den Terrier Bonzo?

2. Szene: Blutrot

Bevor wir in unser Haus auf dem Hügel zogen, durfte ich alle Aspekte eines Bauernhofes kennen- und lieben lernen. Ich durfte mich in Haus, Stall und Garten frei bewegen. Diese Menschen waren meine Familie, und der Bauernhof war mein Zuhause. Ihre Wärme spüre ich noch heute, wenn ich an sie denke. Vor ein paar Jahren besuchten mein Lebensgefährte, der auch im Alten Land

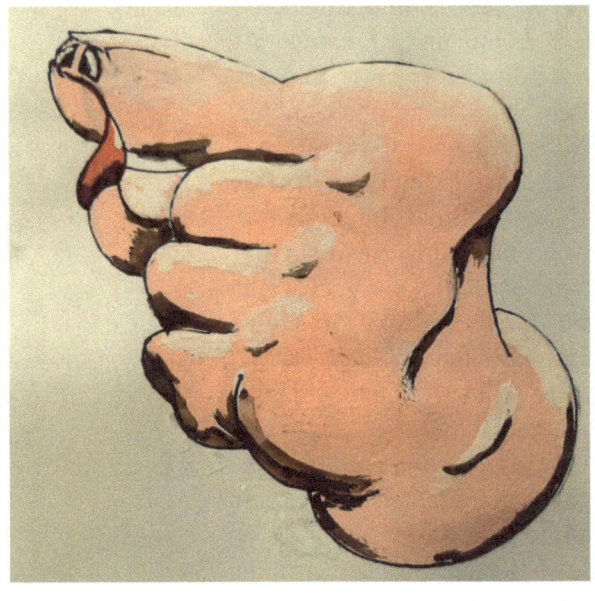

wohnt, und ich die noch lebenden Mitglieder dieser Familie, und ich konnte ihnen meine damaligen Gefühle sagen. Heute weiß ich, dass die Jahre in Regesbostel den Grundstein für meine Liebe zur Natur legten.

Eines Tages betrat ich den Hof hinter dem Bauernhaus und sah, wie die Bauersfrau in einem großen Bottich eine dunkelrote Suppe immerzu umrührte. Ich hatte noch nie so viel Rot gesehen und fragte neugierig, was das wohl sei. Die Bauersfrau erklärte: „Das ist Blut für Blutwurst." Appetitlich fand ich das nicht, zumal ein seltsamer Geruch in der Luft lag. Ich nahm das so hin, wie Kinder oft etwas einfach hinnehmen, ohne Fragen zu stellen oder Gefühle dazu zu entwickeln. Ich empfand also keinen Ekel. Heute ist meine Beziehung zu Blut einigermaßen gestört. Wenn mir Blut abgenommen wird, schaue ich weg.

Einige Zeit später saß meine Mutter mit einer anderen Bauersfrau in deren Wohnzimmer und plauderte mit ihr. Die beiden Frauen saßen sich gegenüber. Meine Mutter hatte mich auf ihren Schoß genommen. Ich war zu klein, um das Gespräch der beiden verfolgen zu können, und ich starrte gebannt auf den linken Zeigefinger der Bauersfrau, auf dem sich langsam ein dicker Blutstropfen zu bilden begann. In meiner Phantasie wurde er größer und größer, und dann – sah ich nichts mehr! Ich fiel in Ohnmacht und sackte meiner Mutter an die Brust. Die Bauersfrau und meine Mutter konnten es nicht fassen! Die Bauersfrau leckte sich schnell den Blutstropfen vom Finger und klebte ein Pflaster auf die kleine Wunde. Meine Mutter sagte lachend: „Dieses Kind wird bestimmt keine Ärztin werden." Sie sollte Recht behalten!

3. Szene: Das kopflose Huhn

Als ich mich von dem Bottich mit dem Blut abwandte, um in den Gemüsegarten zu laufen, hörte ich plötzlich ein Geräusch und schnelles Getrappel. Ich drehte mich um, und an mir vorbei raste ein Huhn ohne Kopf. Hals über Kopf! Nein, Hals ohne Kopf! Ich starrte dem armen Tier fassungslos hinterher, dann schrie ich auf! Weiter hinten im Garten sah ich, wie es einfach tot umfiel. In Gedanken hörte ich meine Mutter sagen: „Schlachter wird dieses Kind auch nicht." Keimte in mir damals schon der Gedanke an Tierschutz? Sicher nicht, denn Hühnerfleisch esse ich bis heute sehr gerne.

4. Szene: Der Fisch im Teich

Der war ich. Denn Wasser war von vornherein mein Element. Ich wollte unbedingt Schwimmen lernen. Aber wo? Eine Badeanstalt gab es in Regesbostel nicht, wohl aber einen Dorftümpel. Neben unserem Haus befand sich eine große Wiese, und an ihrem Ende, an die Straße grenzend, war dieser kleine Teich. Warum ich damals schon einen Badeanzug besaß, weiß ich nicht, aber ich hatte einen. Also flugs hinein geschlüpft und ab in den Teich! Meine Beine blieben auf dem Boden, aber ich machte mit den Armen die Schwimmbewegungen, die ich theoretisch kannte.

Ich war sehr ausdauernd und übte jeden Tag. Erst hob ich das eine Bein, dann das andere, aber immer wieder kippte ich nach vorne. Aufgeben kam natürlich nicht infrage! Schon damals zeigte sich eine meiner Charaktereigenschaften: Ausdauer! Und tatsächlich! Nach einer Woche klappte es! Arme und Beine blieben oben. Ich konnte schwimmen! Ein riesengroßes Glücksgefühl durchströmte mich. Zuerst schaffte ich nur ein paar Züge, dann immer mehr, bis ich sicher war. In dem nassen Badeanzug stürmte ich über die Wiese nach Hause und schrie: „Ich kann schwimmen!" Meine Mutter ging mit mir zu dem Teich, und ich präsentierte ihr glücklich und stolz meine Kunst.

Als wir später in Blankenese wohnten, meldete meine Mutter mich zu einem Schwimmkursus an, wo ich das richtige Atmen lernte und die ganz korrekten Bewegungen. Und einmal durfte ich sogar den anderen Kindern vorschwimmen! Das Dorfkind den Stadtkindern!

5. Szene: Der Polizist

Herr Wenzel war der Dorfpolizist. Er trug eine grüne Uniform und war eine Autorität. Ich fand ihn sehr streng und hatte Angst vor ihm. Aber er war nicht streng, sondern sehr lieb, und er kümmerte sich rührend um meine Mutter, nachdem sie geschieden war. Immer, wenn ich die grüne Uniform sah, versteckte ich mich, denn ich hatte immer ein schlechtes Gewissen und das Gefühl, etwas falsch gemacht zu haben. Was das war, konnte ich nicht definieren, aber das Gefühl war da. Ich war eigentlich ein liebes Kind, aber... na ja, ich hatte oft „das letzte Wort", also, wie man heute sagen würde, „eine freche Klappe". Vorletzteres haftet mir immer noch manchmal an. Sorry!

Herr Wenzel besuchte meine Mutter oft, und dann saßen sie auf der Terrasse und blickten über unseren Garten bis auf die Dorfstraße. Mich sah Herr Wenzel selten, denn immer, wenn ich seine grüne Uniform um die Ecke biegen sah, versteckte ich mich zwischen den Stachelbeerbüschen, die zahlreich in unserem Garten standen. Ich glaubte, Herr Wenzel würde mich dort nicht sehen und könnte mich also auch nicht verhaften. Er und meine Mutter lachten über mich, und meine Mutter versuchte immer wieder mir zu erklären, dass ich keine Angst zu haben brauchte und dass Herr Wenzel mich sogar gerne mal begrüßen würde. Aber keine Chance!

Von Dirk Scheerle mit Kaffeesatz gezeichnet.

Nach dieser Vorgeschichte ist es erstaunlich, dass ich so viele gute Freunde bei der Polizei habe.

6. Szene: Die neugierige Postbotin

Frau Reuther war viele Jahre lang die Postbotin in Regesbostel. Sie hatte ihre Augen und Ohren hier und da und kannte nicht nur alle Dorfbewohner, sondern auch deren Probleme. Folglich konnte es dort auch keine Affären geben. Frau Reuther war auch sehr nett zu uns Kindern, sie war überhaupt lieb zu allen, so dass sie an der Tür, wenn sie die Post brachte, immer einen freundlichen Gesprächspartner antraf, was dem Frieden in Regesbostel sehr zugute kam.

Viel später, als Frau Reuther schon in Rente war und ich in Blankenese wohnte, erfuhr ich, dass Frau Reuther zwar sehr nett, aber auch sehr neugierig war. Sie las nämlich alle Karten, die durch ihre Hände gingen, und wenn etwas Wichtiges darin stand, klingelte sie an der Tür des Empfängers und sagte vielleicht: „Ihr Mann kommt nächsten Monat aus der Gefangenschaft!" oder: „Das Baby, das Ihre Tochter bekommt, wird ein Junge!"

Soweit ich informiert bin, hat sich niemand darüber beschwert. Frau Reuther gehörte eben einfach in Regesbostel zum Inventar.

Sympathisches Regesbostel!

San Francisco

---

von Ute Coltzau, geb. Rommel
1971

Über Buchten führ'n drei Brücken,
elegant und wie ein Band,
Brücken, die den Geist entzücken,
aufgehängt von Meisterhand.

Menschen fühl'n sich hergezogen,
dieses Kunstwerk zu beschau'n,
und sie sind der Stadt gewogen,
deren Künstler es konnt' bau'n.

Diese Stadt hat viel' Gesichter,
täglich sie sich ändern fast,
und man müsste sein ein Dichter
und nicht bloß ein schneller Gast.

Wollt' dies Wunder man versteh'n,
San Francisco, Stadt so schön!
Straßen führen hoch nach oben,
weit herum schweift dann der Blick
bis an Sausalitos Küste
und zur Brücke bald zurück.

Sausalito, hübsches Kleinod,
Palmenwald am Silberstrand,
malerische kleine Häuschen
zeigen stets ihr Festgewand.

San Franciscos Hügel bergen
vornehm und in weißer Kette
Fairmont, Hilton-Prunkhotels
dem Besucher eine Stätte.

Steigt er dann die Straßen nieder,
staunend weitet sich der Blick,
dunkles Elend sieht er wieder
Schmutz zieht ihn ins Tal zurück.

Viele Menschen, Arme, Reiche,
buntes Volk aus jedem Land,
niemals ist das Bild das Gleiche,
schimmernd-greller leichter Tand.

Hafenstimmung, Reeperbahn,
starke Fäuste, billiger Kram,
Erosbücher, Mörderfilme,
Menschen, blind am Wegesrand
reichen bittend eine Hand.

Market Street und ihr Getose,
schwüle Orte und Gekose.
Kommt man dann nach Chinatown,
chinesisch Volkstum dort zu schau'n,
oder hat man keinen Schlaf,
morgens früh zu Fishermen's Wharf,
wo die bunten Boote steh'n,
weiß man nur: hier ist es schön!

Schwierig ist's dich zu erfassen,
schwerer noch dich zu verlassen.
Wenn man einmal dich geseh'n,
San Francisco, Stadt so schön.

Empfehlung
Ute Coltzau – Meeting mit mir selbst

Paperback: ISBN 978-3-347-12494-3
Hardcover: ISBN 978-3-347-12495-0
E-Book: ISBN 978-3-347-12496-7

Empfehlung
Ute Coltzau – Sprung zum Regenbogen

Paperback: ISBN 978-3-7497-7903-1
Hardcover: ISBN 978-3-7497-7904-8
E-Book: ISBN 978-3-7497-7905-5

Empfehlung
Jette Larsson – Fußgänger bitte drücken

Jette Larsson
Illustrationen Ralf Herbold

Fußgänger
bitte drücken

kurze Geschichten zum Nachdenken und Schmunzeln

Paperback: ISBN 978-3-7469-6837-7
Hardcover: ISBN 978-3-7469-6838-4
E-Book: ISBN 978-3-7469-6839-1

MIX

Papier | Fördert
gute Waldnutzung

FSC® C083411

Zeitfracht Medien GmbH
Ferdinand-Jühlke-Straße 7
99095 Erfurt, Deutschland
produktsicherheit@kolibri360.de